PRÉFACE

DE

L'ÉDITEUR.

CETTE *Bagatelle Morale appartient presque en entier à* Balſac *, l'un des plus beaux eſprits du régne de* LOUIS XIII. C'eſt ſon Barbon *qu'on a rajeuni :* on ne lui a laiſſé de ſes antiques ornemens *, que ceux de tous les temps , de tous les lieux , & qui ont droit de plaire aux Gens de goût.*

Balſac *n'avait fait de ſon* Barbon *, qu'un froid , plat & ennuyeux Pédant de Collége , une eſpece d'Abbé* Royou *, ou plutót , com-me* Balſac *le dit lui - méme , une* Bête de Somme chargée de tout le bagage de l'an-tiquité. *En le rajeuniſſant , on a cru devoir en faire un homme inſtruit , à la vérité ,*

*importun , bizarre , fatigant , & fortement
dominé par l'esprit de dispute ; mais dans
le fond raisonnable , ayant des vues très-
saines en Politique , en Morale & en Littérature.*

*Au reste , Balsac ne nous avait point dit
son nom : nous avons lû sur les Régistres
Baptistaires de Saint Denis de la Chartres ,
que son pere s'appellait Guillaume : ce nom
nous a paru très - heureux. C'est aussi sous
ce nom de Guillaume , que nous le recom-
mandons à tous les Guillaumes présens &
futurs.*

MONSIEUR

GUILLAUME,

O U

LE DISPUTEUR.

L A premiere chofe que fit Monfieur Guillaume, au fortir du Collége, où il avait appris à faire des argumens, fut de donner des démentis en régle à fon pere & à fa mere ; de contredire fes freres & fes fœurs, quand même ils étaient de fon opinion, de peur qu'on ne crût qu'il fût de la leur. Il foutenait à fes fœurs que la neige était noire, & à fon pere, qu'il avait des cornes. *Vous avez*, lui difait-il, *ce que vous n'avez pas perdu ; or, mon pere, vous n'a-vez pas perdu des cornes, donc vous en avez.*

Le pere, qui était un homme simple, fou-riait en regardant fa femme, & tout en fe frottant le front, admirait l'efprit de fon fils. La mere qui, dans fa jeuneffe, avait été dévote & coquette, difait en elle-même : Notre fils eft Sorcier.

Il fut bientôt queftion de l'état que Monfieur Guillaume devait embraffer. Son pere lui demande s'il veut être Avocat, Procureur, Théologien, Huiffier à Verge, Confeiller au Châtelet, ou Commis à la Douane. Vous pouvez, répond-il à fon pere, me nommer tous les états de la vie, & je vous prouverai, par bonnes & valables raifons, que celui que vous me propoferez, fera celui qui me convient le moins : le métier de Théologien m'amuferait affez ; on y paffe fa vie à difputer ; on veut toujours avoir raifon, lors même qu'on a tort. J'aime fort la difpute, & veux toujours avoir raifon ; mais je veux un métier qui ait de la confidération, & celui de la Théologie eft tombé dans l'inutilité & le mépris.

Eh bien ! mon fils, foyez Confeiller au

Châtelet ; je vais , dans le moment , vous acheter un Office de Juge Oh ! mon pere , s'écrie Guillaume , ne me parlez pas de ces Juges qui font les entendus fur la Métaphyfique , & qui n'y entendent rien. Vous ne me me voudriez certainement pas au Châtelet , fi vous faviez que les Juges de ce Tribunal ont tourmenté , pendant deux ans , Monfieur *Delisle* , & qu'ils l'ont banni du Royaume. Cet homme dont vous parlez , dit le pere , eft peut - être un mauvais garnement , qui troublait la Société par de mauvaifes actions. Point du tout , mon pere , réplique Guillaume , ce n'eft qu'un Métaphyficien qui , comme tous les Métaphyficiens du monde , raifonne tantôt bien & tantôt mal. Il a dit, dans un Livre qu'aucun de fes Juges n'a lû , que la Circoncifion eft un outrage à la Nature. Ce Monfieur *Delisle* a certainement tort de parler ainfi ; mais cela ne regarde que les Juifs & les Arabes , & ne pouvait guere être réfuté que par une Synagogue de Juifs, ou par le Muphti des Turcs. Cependant le Châtelet a fait brûler , à la Grêve , le Livre de Monſieur *Delisle* , l'a enſuite condamné au banniſſement, & a tenu , pendant quarante jours, encagé dans une Geole l'Abbé *Chrétien* , qui avait approuvé le Livre. Non , mon pere , je ne veux pas être Conſeiller au Châtelet ; il n'y a point d'honneur d'être aſſis parmi des hommes qui jugent ſi mal.

Mon fils , lui dit le pere , puiſque vous ne voulez être ni Théologien , ni Juge au Châtelet , ſoyez ce que vous voudrez ; mais , au nom de Dieu , mariez - vous : je ſuis âgé , & avant de mourir , je ſerais bien aiſe de vous voir bien établi. Je me marierai , mon pere , répond Guillaume ; mais , avant tout , il faut que vous me prouviez , par de bons argumens , que je dois me marier ; diſputons en régle. Guillaume cammençait à faire un ſyllogiſme , lorſqu'on vint leur dire qu'il était temps de ſe rendre à une nôce où ils étaient invités.

Le feſtin fut très-joyeux : les Epoux étaient contens & heureux. Monſieur Guillaume , qui était à leur côté , parlait peu , mais il

n'en

n'en fouffrait pas moins. Les Convives, en belle humeur, chantaient le Vin , l'Amour & les douceurs du Mariage. Monfieur Guillaume , interrompant tout à coup les Chanteurs , fe met à faire un long difcours à la louange de la Virginité ; & de l'éloge de la Virginité , il paffa à la condamnation du mariage , citant là deffus toutes les pauvretés que Tertulien & Saint Jérome ont écrit de cet état.

Monfieur Guillaume , lui dit un des Convives , vous êtes ici très - déplacé. Au lieu de venir à la nôce contrifter nos nouveaux Mariés , & troubler les plaifirs de toute une Compagnie , vous auriez mieux fait aujourd'hui d'aller au Couvent de la Vifitation. Mademoifelle *Rofe* prend le voile , & c'eft devant elle que vous auriez pu prononcer votre éloge du célibat. Auffi penfe - je , réplique Monfieur Guillaume , à m'y rendre en fortant d'ici ; & quand en difputant avec ceux d'entre vous qui voudront difputer avec moi , je vous aurai tous convaincus que le mariage eft une fottife , je veux aller prou-

ver à la nouvelle Religieufe, à fon Prédicateur & à Madame la Supérieure, que le
célibat eft encore une bien plus grande fottife.

La cérémonie eft déja avancée, lui dit-
on, & fi vous ne partez promptement,
vous courez les rifques de vous coucher fans
difputer. Puifque le temps preffe, répond
Monfieur Guillaume, je vous quitte ; mais
c'eft à regret, car, avant de fortir d'ici,
je me propofais de vous prouver qu'il vaut
mieux coucher feul que de coucher deux ;
qu'il vaut mieux boire de l'eau que de boire
du vin, & qu'un jour de nôces, il y a cent
fois plus de raifons de pleurer, que de chanter comme vous faites.

Monfieur Guillaume fort : fon pere fort
avec lui, & le fuit à l'Eglife de la Vifitation. Le Prédicateur était déja en chaire ;
c'était l'Abbé *Printemps*. Cet Abbé jouiffait
de vingt mille livres de rente, & follicitait
une Abbaye ; mais, en attendant cette Abbaye, il s'amufait à prêcher, & entretenait,
fur le Pa'ais Royal, une des plus jolies filles

de Paris. En chaire, il déclamait fortement contre le monde, & contre fes plaifirs; il ne parlait du mariage, que comme d'un état de peines en ce monde, & de damnation pour l'autre.

Pendant le Sermon, Monfieur Guillaume eut beaucoup de peine à fe contenir; mais la cérémonie achevée, il va trouver le Prédicateur, qui était avec la Novice & avec une douzaine de Religieufes, lefquelles le félicitaient fur fon éloquence & fur fon embonpoint. Faites, Mesdames, leur dit Monfieur Guillaume, tous les complimens que vous jugerez à propos à Monfieur l'Abbé; mais je vous affure qu'il ne croit rien de tout ce qu'il a prêché. L'Abbé *Printemps* crut, en prenant un ton sévere & myftique, & en débitant quelques lieux communs de l'Evangile, en impofer à Monfieur Guillaume. En regle, Monfieur l'Abbé, en regle; & tout en l'avertiffant de fe défendre, il lui lâche une bordée d'argumens, pour lui prouver que le mariage eft le vrai état de la Nature; que le célibat eft oppofé aux vues d'une bonne Légiſlation ; qu'il n'y eut jamais de filles appellées à vivre dans les tourmens de la continence. Tous les raiſonnemens de Monſieur Guillaume furent appuyés de l'exemple de cent Religieuſes qui ont appoſtaſié ; de cent autres qui, de rage & de déſeſpoir, ſe ſont étranglées ; de beaucoup qui ſe ſont empoiſonnées ; & de pluſieurs autres qui, malgré les jeûnes & les prieres, ne pouvant vaincre la Nature, ont fait de grandes fautes.

L'Abbé *Printems* répondait de ſon mieux. Il voulait, en préſence des Religieuſes, paraître convaincu de ce qu'il avait prêché ; mais, dans le fond, il ſentait la force des argumens de ſon adverſaire qui, pour terminer la diſpute, lui demande : Pourquoi ces hautes murailles qui entourent les Cloîtres ? Pourquoi ces doubles grilles de fer dans les Parloirs ? Pourquoi ces triples ferrures, & tant de verroux aux portes ? L'Abbé *Printems* commençait à répliquer ; mais Monſieur Guillaume ne lui en donna pas le temps, en répondant lui-même à ſes propres queftions. C'eft , dit - il , Monfieur l'Abbé , parce que s'il n'y avait ni hautes murailles , ni doubles grilles , ni verroux , il n'y a prefque pas de Religieufe qui ne défertât fon Cloître ; & celles qui , par la crainte de manquer de reffource dans le monde , ne s'échapperaient pas , feraient entrer leurs amans dans leur chambre.

Sortons vîte , mon fils , lui dit fon pere , car je m'apperçois que vos raifons & vos pourquoi fcandalifent ces Saintes Religieu-fes. Lorfqu'ils furent rentrés chez eux , vous avez , lui ajoute le pere , bien difputé , & je ne doute pas , après ce que vous venez de dire fur le célibat , que vous ne vous mariez promptement. Cela fe pourrait bien , répond Monfieur Guillaume ; mais je n'épou-ferai pas la Demoifelle dont vous m'avez dé-ja parlé : elle eft blonde , & cette couleur dénote un tempérament humide , un fang engourdi , une ame pareffeufe ; une femme blonde , n'eft guere bonne à rien : on a toujours raifon avec elle , & cela , fans la moindre contradiction , ce qui doit mettre dans le ménage une uniformité qui me déplaîrait infiniment.

Calmez vos craintes, mon fils, puisqu'une blonde vous déplaît, vous épouferez une brune : vous connaiffez la jeune *Alix* ; elle eft belle, vive, sémillante ; je vais dès aujourd'hui en faire la demande. Mon pere, dit Monfieur Guillaume, épargnez - vous cette peine. Cette *Alix* ne fera jamais ma femme : je crains encore plus les brunes que les blondes ; elles font prefque toutes emportées, acariatres, violentes & coquettes. On a toujours tort avec elles ; elles ne cédent jamais, quelque raifon qu'on ait : il faut d'ailleurs qu'un mari foit toujours après elles, & vous penfez bien qu'un homme qui, comme moi, paffe toutes fes journées à difputer, ne pourrait paffer toutes les nuits à argumenter avec fa femme. Ce ferait là la fource d'un mauvais ménage ; évitons cet écueil.

Eh bien ! mon fils, lui dit le pere, je vous donnerai la fille d'un Banquier qui eft mon ami ; elle n'eft ni brune, ni blonde,

& fera très - riche. L'époufera qui voudra,
s'écrie Monfieur Guillaume, je ne me marierai jamais avec une femme plus riche que
moi ; elle me reprocherait de m'avoir donné
du pain : vingt fois par jour elle me ferait
fentir que je ne fuis qu'un gueux. Non, je
ne l'épouferai point. Son pere lui en pro-
pofa plufieurs autres, & à chaque propofi-
tion, Monfieur Guillaume fefait autant de
difficultés qu'il en avait faites fur la brune
& fur la blonde. Si la Demoifelle dont lui
parlait fon père, était belle, il trouvait de
trop grands dangers. Si elle était laide, il
trouvait cent inconvéniens pires que les dangers. Si elle eft ignorante, difait - il, je
n'en pourrai rien faire ; ce fera une begeule.
Si elle eft inftruite, elle en voudra plus favoir que moi, & me tourmentera toute la
journée.

Mariez - vous, mon fils, avec qui vous
voudrez, lui dit fon pere, excédé de la bi-
zarrerie de cette difpute, & le quitte en lui difant : La Logique du Collége vous a gâté
la tête, vous ne faites que de l'efprit ; j'ai-

merais mieux que vous fussiez raisonnable. Monsieur Guillaume ayant la tête échauffée de dispute & de mariage, profite de la liberté que lui laisse son pere, & va, à l'exemple de l'Empéreur *Justinien*, prendre une femme dans un mauvais lieu.

Quelque temps après ce mariage, je rencontrai Monsieur Guillaume chez une Dame qui, denx fois par semaine, tenait une assemblée de beaux esprits. J'ignorais quelle était la femme qu'il avait épousée ; mais je crus devoir le féliciter sur son mariage. Vous avez tort de me féliciter, me dit-il, ma femme n'en vaut peut-être pas la peine : je l'ai prise dans un mauvais lieu ; je ne sais encore ce qui en arrivera. Je vous demande pardon, Monsieur Guillaume, lui répliquai-je, lorsque je vous ai fait mon compliment, je croyais que vous aviez pris une femme honnête ; votre action n'est pas celle d'un Sage. Vous avez encore tort, me repart-il, une femme entraînée par mille circonstances dont elle n'a pu se défendre, a pu aller dans un mauvais lieu, & n'être point déshonorée.

déshonorée. D'ailleurs , il eſt plus aiſé de faire une femme de bien que de la trouver.

Nous parlions encore de ce mariage , lorſqu'il entendit un Membre de l'Académie des Belles-Lettres qui parlait d'*Alexandre*, fils de *Philipe*. Vous vous trompez , Monſieur l'Académicien , lui crie Monſieur Guillaume : cet Alexandre dont vous parlez , eſt le fils de *Nectabis* , Roi d'Egypte , & non le fils de *Philipe* , Roi de Macédoine. Il ſe diſait fils de Dieu , ſans en rien croire ; ſes courtiſans ne le croyaient pas non plus , & ils ſavaient très - bien ce qui était de la naiſſance de leur maître : je le ſais auſſi bien qu'eux , & ſi vous le trouvez bon , Meſſieurs, je vous conterai l'avanture qu'eut ſa mere à la Cour de Memphis , lorſqu'elle allait en dévotion au Temple de Jupiter Ammon.

Monſieur Guillaume commençait le récit de cette galante avanture , lorſque le nom d'*Enée* que prononçait loin de lui la maîtreſſe de la maiſon, vint frapper ſon oreille , attentive autant qu'il était poſſible, à toutes les converſations de l'Aſſemblée. Il court à elle &

lui demande : De quel pied, croyez-vous, Madame, que cet *Enée* prit terre, en abordant en Italie ? Ce fut, je gage, répond-elle, du pied gauche ; c'est de celui-là que je descends toujours de voiture & que je monte toujours au lit, lorsque mon mari m'y laisse monter toute seule. Vous vous trompez, Madame, réplique Monsieur Guillaume, ce ne fut point du pied gauche. C'était donc du pied droit, lui dit-elle, fâchée de n'avoir pas déviné. Vous vous trompez encore, réplique-t-il ; ce ne fut, Madame, ni de l'un, ni de l'autre : en sortant du Vaisseau, il tomba tout de son long, la tête la premiere.

Cette chûte fit rire toute la Compagnie. Quelqu'un des rieurs, dit Monsieur Guillaume, voudrait-il me contredire ? Je serais bien aise que Monsieur l'Académicien des Belles-Lettres avouât hautement que j'ai raison. Je serais très-curieux d'apprendre s'il sait combien de nœuds avait la massue d'Hercule ? Quels étaient les noms des quarante filles de Priam ? A quelle main Vénus fut bleffée par Diomède ? Quelles étaient les chanfons que chantaient les Sirennes, & fur quels airs étaient ces chanfons ? Ni lui , ni fes confreres , n'en ont jamais parlé : ils ont pourtant groffi leurs Mémoires des chofes qui ne valaient pas celles - là , ou qui ne valaient pas mieux. Si la Compagnie prend plaifir à nous entendre difputer enfemble , nous allons commencer ; cela pourra amufer Madame.

Madame , lui dis - je doucement à l'oreille , n'aime point la difpute : à quoi donc , me réplique - t - il , paffe - t - on fon temps chez elle ? Mais , lui répondis - je , on caufe de la pluye & du beau temps : on raifonne fur la nouvelle de la ville & du jour. Les uns parlent de la variété des formes que les Dames donnent à leurs chapeaux ; les autres moins frivoles , parlent de la forme du chapeau deSaturne : ceux-ci s'entretiennent de la revue que le Roi doit faire au trou d'enfer ; ceux - là rient du trou que Don *Ulloa* a fait à la lune. On differte fouvent avec légéreté , fur des matieres très graves en Politique & en Littérature ; en un mot, on s'inftruit & l'on ne difpute pas.

C'eft très - bien fait , me répond Monfieur Guillaume , de s'inftruire ; mais un peu de difpute ne gâterait rien : cela réveillerait l'attention , & l'on s'en inftruirait mieux. La vérité jaillit fouvent de la contradiction, comme du frottement de deux cailloux, jailliffent des étincelles de lumiere.

Je fuis fâché , Monfieur Guillaume , lui dis - je , que l'Académicien des Belles-Lettres foit forti. Il aime à difputer , vous auriez pu paffer tous deux dans une chambre à côté de celle - ci, & vous époumoner l'un & l'autre tout à votre aife. Il a probablement craint d'être engagé dans un combat pour lequel il ne ferait pas prêt. Il s'appelle Monfieur *Larcher* : c'eft un grand érudit , qui fait le Grec & quelques mots babylonniens ; il fait auffi par cœur tous les noms & furnoms qu'on donna à Vénus aux belles feffes : cette Vénus n'a point eu de Temple au monde où Monfieur *Larcher* n'ait fait fes dévotions. Il eft en état de vous montrer

les régiftres de toutes les jeunes & honnêtes
Babylonienes qui, avant de fe marier, allaient fe proftituer à la Cathédrale de cette
Déeffe. Il fait jufqu'aux noms des Sacriftains
qui, pendant cette pieufe cérémonie, te-
naient le cierge ; & tous les Clercs qui,
pendant deux cens ans, defervirent la Cha-
pelle de Vénus à Babylonne, n'en ont jamais, fur cet article, fu autant que Monfieur *Larcher* de l'Académie des Belles Lettres.

O, *Larcher ! Larcher !* vous aurez à
faire à moi, s'écrie Monfieur Guillaume,
tranfporté de joie & de colere. Où eft Monfieur *Larcher ?* Je veux le voir & difputer avec lui. Eft-il chez *Nicolet ?* Eft-il
aux Français, à l'Opéra, aux Italiens ou
à l'Eglife ? Où trouverai-je Monfieur *Larcher ?* Sera-ce aux Tuilleries, aux Boulevards, au Luxembourg, à la Foire ou à
l'Académie ? O, Monfieur *Larcher*, vous
êtes l'homme qu'il me faut : par tout où je
vous trouverai, je difputerai avec vous fur
les filles de Babylonne, & fur leur dévo-

tion. Je fais tout auffi bien que vous que, dans cette grande Ville, ainfi qu'à Paris, à Londres, à Madrid & à Rome, il y avait de belles Courtifannes pour les Gens riches, & de coureufes de rues pour les Laquais, pour les Clercs de Procureurs, & pour les Abbés qui n'avaient point de Bénéfice ; mais je vous montrerai que la grande Eglife de Babylonne n'était point un maumais lieu, & que les Demoifelles bien élevées n'y allaient pas vendre leurs faveurs à deniers comptans, comme vous ofez le dire, aux Etrangers qui venaient faire leur priere à Vénus. Fi, Monfieur *Larcher*, cela eft dégoutant. J'aime les Demoifclles de Babylonne ; elles étaient belles & fages, & je défendrai leur honneur contre vous, & contre toute l'Académie des Belles Lettres.

Monfieur Guillaume, fe poffédant à peine, fort, & va chercher Monfieur *Larcher*. C'eft dans le Café de *Patural* qu'il le trouva, lifant l'*Année Littéraire*, & difant avec chaleur à ceux qui étaient auprès de lui : C'eft, ma foi, un jeune homme qui écrit bien, que l'Auteur de cette *Année* ; s'il parvient jamais à être moins ennuyeux , il ira plus loin que son pere. Il ira où il pourra, dit brusquement Monsieur Guillaume : son pere , de pauvre & de misérable mémoire , se traîna jusqu'à la porte de l'Hôpital ; si son fils fait un pas de plus , il risque d'y entrer & d'y mourir. Il vit en calomniant des Philosophes qui , s'il en valait la peine , pourraient bien se défendre ; mais vous , Monsieur *Larcher* , vous calomniez des Demoiselles qui ne peuvent se défendre ; vous assurez, m'a-t-on dit , qu'elles allaient à la Cathédrale de Babylone , pour se faire trousser par les premiers Matelots qui abordaient dans leur Ville , & que ces vilains Matelots ne se mettaient en besogne qu'après avoir paié. Cela n'est point vrai , Monsieur l'Académicien ; m'entendez-vous ? Vous avez tort de parler du Temple de Babylonne , comme on parle de la maison de la Gourdan , & des Babylonniennes , comme de ces filles qu'on trouve tout le long de la rue *Trousse-Vache.*

Un démenti auffi brufque déconcerte Monfieur *Larcher* : il ne fait d'abord où il en eft ; mais peu à peu reprenant fes fens, la difpute s'établit en regle entre les deux champions. Monfieur Guillaume le fit rougir vingt fois des calomnies dont il avait noirci le beau *Sexe* de Babylonne. Les fpe)tateurs riaient de fon embarras, & n'étaient pas fâchés de voir humilier un Savant des Infcriptions ; mais Monfieur *Larcher*, fort habile dans ce genre d'efcrime, fe tire de ce mauvais pas, & détournant adroitement la queftion, il laiffe les Bahylonnienes dont on lui parle, & fe rue tout à coup fur Vénus dont on ne lui parle pas. Il dit tout ce qu'il fait & tout ce qu'il croit favoir de cette Déeffe ; & fans donner à Monfieur Guillaume le temps de nier ou d'accorder ce qu'il en dit, il le promene de Babylonne au Temple d'Afcalon, à celui d'Héliopolis : de ces Villes fameufes autrefois, il le fait aborder en Chypre, le mene à Amathonte ; de là il paffe fur les côtes de l'Egypte, enfuite en Crête, à Gnide, à Cos,

Cos , à Cythere, le fait entrer dans le Péloponèfe , & le traîne , à travers des chemins impraticables , à Mantinée , à Corinthe , à Athenes. Dans un Temple, il fe délecte à repréfenter Vénus comme faite d'après la belle *Phriné* , fe baignant toute nue devant un Peuple immenfe : ici , il la place fur un Autel , & fe complaît à faire admirer la perfection de fa gorge , & les belles formes de fon derriere.

Ceux qui paffent devant le Café de *Patural* , entendant prononcer les noms de *Phriné* & de Vénus , s'arrêtent , écoutent; ils entrent en foule. Leur nombre augmente à chaque inftant. Déja on ne peut plus ni les contenir , ni faire taire l'Orateur : on eft obligé d'appeller la Garde qui, pour prévenir le défordre , pouffe dehors par les épaules Monfieur *Larcher* , lequel même au milieu de la rue , ne pouvait tarir fur Vénus , fur fes Temples , fes Autels , fes attributs , fes tableaux & fes ftatues. Nous ne favons ce que devient Monfieur *Larcher* ; nous fommes obligés nous - mêmes de le laiſſer dàns la rue , & de rentrer dans le Café , pour voir la contenance de Monſieur Guillaume : nous le trouvâmes endormi. C'eſt là certainement un étrange événement auquel nos Lecteurs ne s'attendent pas.

Puiſſe Monſieur Guillaume dormir long-temps , dis-je en moi-même ! & puiſſai-je ne jamais le revoir. C'eſt , en Société , un fléau bien redoutable qu'un pareil Diſputeur. Le Ciel ne m'exauça pas. Peu de jours après cette ſcéne , je le trouve aux Tuilleries , & du plus loin qu'il m'apperçoit , me crie , en venant à moi : C'eſt un terrible homme que votre Monſieur *Larcher*. Je l'ai mis à la raiſon ſur les filles de Babylonne ; mais il m'a vaincu , en me parlant de Vénus ? ce n'eſt point , il eſt vrai , par la force de ſes raiſonnemens , c'eſt par l'ennui & le ſommeil où en me parlant de cette Déeſſe , il ma plongé ; il ne me la jamais dépeinte qu'avec une ceinture de pavôts ; il a ſemé de cette plante narcotique tous les chemins par où il m'a fait paſſer , pour aller d'un Temple à un autre. Ce n'eſt

pas la triompher d'un galant homme, c'est
le surprendre.

A tout ce que l'importun Monsieur Guillaume me disait sur Monsieur *Larcher*, qui
est un véritable érudit , & au mérite duquel
on se fera toujours gloire de rendre justice ,
je n'opposai qu'un froid silence , le silence
de l'indignation. Vous ne me répondez rien ,
me dit Monsieur le Disputeur , est-ce que
la conversation vous déplairait ? Très-fort ,
lui dis-je. Eh bien ! Monsieur , m'ajoute - t -
il , point de colere , point d'humeur. Nous
ne dirons rien plus de Monsieur *Larcher* ,
nous disputerons sur autre chose ; & tout
aussitôt il se mit à parler de vingt sujets
différens , cherchant , dans tout ce qu'il
dit , à entâmer quelque querelle avec moi :
je me tenais sur mes gardes ; j'étais toujours
de son sentiment ; j'applaudissais à tout ce
qu'il me disait de bien ou de mal ; je répé-
tais tous ses derniers mots avec le ton de
la surprise & de l'admiration : il n'avait jamais tant parlé sans être contredit ; mais
bientôt fatigué de ma complaisance : Je suis

las , me dit - il , en m'apoftrophant , de parler avec moi-même. Au nom de Dieu, niez - moi quelque chofe , afin que nous foyons deux ; défendez - vous donc , afin que nous puiſlions difputer , je fuis bien aiſe qu'on céde à mes raiſons ; mais je ne fuis pas faché qu'avant de céder , on faſſe quelque réſiſtance. La victoire qui peut flatter , eſt celle qu'on obtient par la voie des combats ou de la difpute. Dites-moi donc ce que vous penſez du Roi , de la Reine , de Monſieur , de Madame , du Chancelier , du Garde des Sceaux , du Miniſtre de la Guerre , du Miniſtre de la Marine , de celui des Affaires Etrangeres , de nos Finances , de nos Moines , de notre Clergé & & de nos Cours Souveraines ? Que penſéz-vous de Monſieur d'*Eſtaing* , de Monſieur de la *Mothe - Piquet* , de Monſieur de *Guichen* , de nos Flottes , de nos Isles , de nos pertes , de nos victoires & de nos fottiſes ?

Monſieur Guillaume , lui répondis - je , je n'entends rien en Politique : je m'en rapporte entiérement à la fageffe de ceux qui gouvernent ; je mets la mienne à me gouverner moi - même. C'eft affez pour moi , & je ne me mêle en aucune maniere des affaires de l'Etat.

Eh ! pourquoi , me réplique Monfieur Guillaume , ne vous mêleriez - vous pas des affaires de l'Etat ? N'êtes - vous pas Citoyen de l'Etat ? Ne contribuez - vous pas aux charges de l'Etat? N'eft - ce pas de votre argent & du mien , qu'on paie ceux qui , fur terre & fur mer , fe battent pour le falut de l'Etat ? La penfion qu'on donne à un Miniftre qu'on renvoye , lorfqu'il a fait à l'Etat tout le bien ou tout le mal qu'il était en fon pouvoir de faire ; les penfions accordées aux Veuves des Officiers qui fe font fait tuer en défendant l'Etat , n'eft - ce pas à nos dépens qu'elles fe paient , & aux dépens de nos Concitoyens ? Quand on eft fur mer , on a droit de parler du Vaiffeau qui nous porte , des mats , des voiles , des ancres , de tous les agrets de ce Vaiffeau , & de l'intelligence de ceux qui le gouvernent. Le premier qui s'apperçoit que le Bâtiment fait eau , eſt tenu d'en avertir. Je dis encore quand un Français a payé ſon paſſage pour aller à Saint Domingue , il eſt en droit de ſe plaindre des Patrons qui , par méchanceté , ou qui , par l'ignorance des vents , le conduiraient ſur les Côtes de Malabar où il n'a rien à faire. Cette comparaiſon peut bien n'être pas trop juſte , & je ſuis obligé d'en convenir , pour ne pas me brouiller avec Monſieur *Seguier.* N'importe , juſte ou non , je ſoutiendrai toujours que quand on eſt Citoyen d'un Etat , on peut & même on doit ſe mêler des affaires de cet Etat.

Monſieur Guillaume , lui dis - je , on riſque trop de s'en mêler. On riſque , me réplique - t - il , en me coupant la parole , d'encourager les bons Miniſtres , de décréditer les méchans , de leur faire voir au moins qu'on les ſurveille. On riſque auſſi , lui ajoutai - je , d'être mis à la Baſtille où l'on eſt fort mal , ou d'être envoyé en exil , ce qui eſt fort déſagréable. Demandez - le à Mon-

fieur l'Abbé *Baudeau* ; il fait ce qui en eft &
ce qui lui en a couté , pour avoir voulu nous
faire faire bonne chere à bon marché. On
m'exilera , reprit Monfieur Guillaume , on
m'enfermera fi l'on veut , il faut quelquefois favoir fe facrifier pour la Patrie ; mais
nul homme ne pourra m'empécher de dire
que nous avons un bon Roi ; que nous fommes fagement gouvernés ; qu'en fept ans de
fon régne, il s'eft fait autant de bien en
France , qu'il s'était fait de mal pendant
trente ans avant lui. Cela eft beaucoup dire ,
car il s'en était beaucoup fait. Nul homme
ne pourra m'empécher de dire que nous avons
une Reine qui eft belle , fpirituelle & très-
aimable. Parmi les Dames qui compofent
fa Cour, il n'en eft point qui ayent ni de
plus beaux yeux, ni une plus belle peau , ni
un plus beau front, ni plus d'éclat : elle aime
les Spectacles , la Mufique , la Courfe , la
Danfe , la Parure , les Plaifirs ; c'eft une
Reine telle qu'il la faut aux Français.

Quand Terrai nous mangeait , j'eus le
courage de dire qu'il était un Voleur pu-

blic , que fon Adminiftration était un vrai brigandage : je dirai aujourd'hui avec plus de liberté encore , duffent tous les Financiers , tous les Agents & tous leurs Aboyeurs me traîter de fcélérat, que Monfieur NECKER fait de très-bonnes chofes , & qu'il en ferait encore de meilleures fi on le laiffait faire : il eft domâge que les préjugés & les circonftances mettent des entraves à fon zele pour le bien public ; fans cela il réaliferait quelques uns des projets de ce Monfieur *Turgot* , dont le Miniftere , quelque court qu'il ait été , fera époque dans le régne de LOUIS XVI. Ce Monfieur *Turgot* allait aux grandes opérations par antoufiafme & avec éclat. Monfieur NECKER y va avec la réflexion , le fecret & l'apropos. Le Roi d'Angleterre difait le mois paffé à Lord *Nord* & à Lord *Germaine* : Monfieur NECKER eft mon plus redoutable ennemi. Monfieur d'*Eftaing* eft moins à craindre pour mes Amiraux : il peut bien les battre ; mais ce qui pour moi eft encore plus à craindre , c'eft une bonne Adminiftration en France.

France. Si l'on y réforme le Clergé, & si l'on y détruit les Moines, mes Anglais ne joueront pas un grand rôle en Europe.

A propos de Monsieur d'*Estaing*, je voudrais bien, me dit Monsieur Guillaume, qu'on lui donnât le Bâton de Maréchal de France. Depuis que nous sommes en guerre, il est le seul qui nous ait fait chanter un *Tedeum* ; le seul qui ait eu du succès & de la gloire, & le seul qui n'ait point été récompensé. La voix publique lui donne le Bâton de Maréchal, qui ne peut rien ajouter à sa gloire ni à son zele, pour servir son Roi & la Patrie. Il serait à souhaiter que le Roi qui est juste, entendît cette voix ; mais il n'entend que les bourdonnemens de quelques Courtisans qui, à beaucoup près, ne valent pas le Héros qu'ils déchirent.

Vous me faites frémir, dis-je à Monsieur Guillaume, de parler aussi indiscrétement des affaires de l'Etat : je n'en dis pas davantage, & me retirai promptement. De très - long - temps on ne me vit aux Tuilléries, tant par la crainte que j'avais de rencontrer mon Diſputeur, que par la crainte qu'on ne nous eût entendu.

Je n'étais pas encore revenu de ma frayeur, lorſque peu de jours après cette converſation, me promenant ſur les Boulevards, je me ſens tout à coup frappé ſur l'épaule. Je crus, tant l'effroi me troublait, que c'était un Inſpecteur de Police qui, de par le Roi, m'arrêtait. Je me tourne en tremblant, & me trouve, nez à nez, avec Monſieur Guillaume qui, en s'emparant de mon bras, me dit : Vous ne m'échapperez pas ; & ſi la crainte de l'exil ou de la Baſtille vous empêche de me dire votre ſentiment ſur nos Miniſtres, ſur nos Amiraux, ſur nos Evêques, ſur nos Magiſtrats, & ſur les Maîtreſſes de tous ces Meſſieurs, nous parlerons des Actrices de l'Opéra, des Danſeuſes & des Figurantes ; des Actrices du Théatre Italien, & de celles du Théatre Français. Diſpenſez-m'en, je vous prie, réponds-je à Monſieur Guillaume. J'eſtime l'Art du Théâtre ; j'admire les talens qu'on y montre ; mais je ne connais aucune des

Divinités qui fe diftinguent dans les Jeux
de Terpficore & de Polymnie. Je vis loin
des Princes & des Princeffes qui régnent
fur la Scéne Françaife. Parmi les Souveraines de cet Empire, il en eft une qui eft
belle & fpirituelle ; j'aime à l'entendre, j'aime
à la voir, & j'efpére que mon ami, Monfieur le Marquis de C * * * , me procurera
quelquefois ce plaifir.

Puifque vous ne vous mêlez, me réplique
Monfieur Guillaume, ni d'Adminiftration,
ni des affaires du Clergé, ni de celles de
la Comédie, vous mêleriez - vous par ha-
fard de Littérature ? Très - faiblement, lui
dis - je : je ne pourrais en caufer avec vous
que d'une maniere peu fatisfaifante. Je me
borne à lire les nouveautés, & à entendre
parler de leurs Auteurs. Parlons en donc,
me dit - il, & dites moi ce que vous penfez de Monfieur *Champfort*, qu'on a cou-
ronné dans différentes Académies, & qui,
modeftement, ne fe met qu'un peu au deffus des grands Hommes dont il a fait l'é-
loge ? Que penfez - vous de M. M. *Blin*,

Palissot, d'Arnaud, Cubieres, Imbert; Mercier, Doigni, Durosoi, Calhava, Barthe, Gudein, Roucher, le Miere, Dorat, & autres beaux esprits dont on parle quelquefois dans le Journal de Paris, dans l'Almanach des Mufes, & dans la Bibliotheque des Romans ?

Vous me mettez à mon aife, réponds-je : en m'expliquant fur ces Meffieurs, je ne crains ni d'être contredit, ni d'être exilé. Je ne les connais point particuliérement ; mais je fais que ce font des hommes très - aimables, très - recherchés, & qui, en Société, doivent être d'un commerce très - doux & très - agréable. Il n'en eft aucun de tous ceux que vous avez nommés, qui n'ait un genre à lui, & un mérite diftingué ; aucun avec lequel je ne fus très - flatté d'être en liaifon. Il n'en eft auffi aucun auquel, fi j'étais de l'Académie Françaife, je ne donnaffe ma voix avec plaifir. Monfieur *Dorat*, le premier, aurait eu droit à mon fuffrage.

Quoi ! me dit avec emportement mon implacable Difputeur, vous auriez donné votre voix à Monsieur *Dorat* ? Vous auriez voulu , pour Académicien , un bel esprit qui , depuis vingt ans , se tourmentait en Vers & en Profe , pour être de l'Académie Françaife , & qui en même temps s'acharnait à la vilipender ? Vous auriez voulu pour Confrere un Poëte qui fefait nager des Soles dans les étangs , & planer des Autruches dans les airs ?

Vous conviendrez pourtant , dis - je à Monfieur Guillaume , qu'on ne pouvait refufer à Monfieur *Dorat* le fceptre de la Poëfie galante. *Lafare* & *Chaulieu* n'ont pas mieux chanté l'Amour & les plaifirs : dans fes œuvres , on trouve des morceaux dignes d'*Ovide* & de *Catule.*

Eh ! Monfieur , me réplique froidement mon Difputeur , je connais tout auffi bien que vous le mérite de Monfieur *Dorat* ; & lorfqu'en ma préfence , on le tençait un peu trop fort , je me fefais un devoir de difputer en fa faveur. Peut - être même que , fi vous aviez d'abord été de mon fentiment , rien ne m'aurait empêché d'être du votre ; mais entre nous, il avait tort de ne pas vouloir que chacun fût Philofophe à fa maniere, comme on lui permettait de l'être à la fienne. Cette manie bizarre qu'on avait fifflée dans l'éloquent & fublime *Jean - Jacques*, devait-on la pardonner dans un Ecrivain frivole ? J'étais encore très-fâché que Monfieur *Dorat*, dans fes plus grandes gayetés, fût toujours de mauvaife humeur ; qu'à une imagination vive & brillante, il joignît de très - grands défauts, ceux, par exemple, de mal parler fa Langue, d'avoir un ftyle précieux & chagrin, & fur - tout d'avoir laiffé dans fes Poëfies des milliers de Vers amphigouriques.

Pour être de l'Académie Françaife, je veux qu'on foit inftruit, c'eft là la premiere condition ; qu'on fache fa Langue, qu'on l'écrive correctement, qu'on ait un goût épuré, & fur-tout qu'on n'ennuie pas en l'écrivant. Non, je vous le redis encore, Monfieur *Dorat* n'aurait jamais eu ma voix pour l'Académie Françaife ; mais je la donne de bon cœur à Madame la Comteffe de *Genlis* ; elle a un ftyle clair, correct &

nourri : je la donne à M. M. de *Condorcet*
& le *Bailli* : ce font deux Philofophes &
deux des meilleurs Ecrivains du fiecle. Je la
donne à Monfieur le Comte de *Treffan* ;
c'eft un des confervateurs du bon goût &
de la gaieté Françaife ; mais, avant tout ,
je veux la donner à Monfieur l'Abbé *Raynal*,
c'eft là vraiment un homme de mérite. Le
titre d'Académicien ne manque point à fa
gloire, c'eft lui qui manque à la gloire de
l'Académie Françaife ; le vœu de tous les
hommes éclairés, l'appelle à y remplir un
fauteuil. Cent Edits pour la réforme de
l'Etat, ne feront jamais autant de bien aux
Français, que Monfieur l'Abbé *Raynal*, par
fes Ecrits, en a déjà fait à l'efpece humaine.

Monfieur de *Buffon* eft fans contredit un
grand homme , un des plus beaux Génies
qui aient jamais exifté ; mais le Philofophe
Raynal eft encore au deffus de ce grand
homme. J'aime fans doute celui qui m'apprend d'où eft venue & comment s'eft ar-
rangée la petite coque fur laquelle je fuis
emprifonné pour quelques jours ; qui m'en-

feigne d'une maniere agréable , comment fur
cette petite coque terraquée , j'ai succeſſive-
ment été mollécule organique , germe , em-
brion , fœtus , & comment je fuis tombé
des cornes dans le fond de la matrice de
ma chere mere ; comment , après un séjour
de neuf mois , dans ce petit fac placé à
côté de deux poches , l'une pleine d'urine ,
& l'autre remplie d'excréments , j'en fuis
enfin forti ; & comment , après être
forti de ce cloaque , & étant devenu en peu
d'années grand garçon , j'ai appris à faire
des fyllofifmes , des dilêmes & des entimê-
mes. Tout cela m'amufe infiniment , & je
remercie bien fincérement le Philofophe
qui m'inftruit de tant de belles chofes que
je veux bien croire , en attendant que je
puiffe examiner fi elles font toutes vraies ,
& pour pouvoir , s'il y en a de fauffes ,
difputer avec lui ; mais j'aime & je remercie
encore bien plus celui qui m'apprend à penfer , qui m'aide à brifer les fers dont on
me tient garroté fur ma coque , qui dé-
crédite les Oppreffeurs , & tous ces Fana-
tiques

tiques qui en ont fait ſi long - temps le ſé-
-jour des malheureux.

Calmez - vous , dis - je à Monſieur Guillaume , je trouve très-bon que Monſieur
l'Abbé *Raynal* ſoit de l'Académie Françaiſe , mais je ne ſerais pas fâché que la
plupart des beaux eſprits dont vous m'avez
parlé , en fuſſent auſſi. Le Philoſophe *Ray-*
nal apprend à nous débarraſſer des chaînes
dont nous ſommes chargés dans notre priſon ; & les beaux eſprits , par des Poëſies
légeres , par des Romans ingénieux , par des
Contes agréables , charment l'ennui de cette
priſon.

Je vous entends , me dit Monſieur Guillaume avec humeur , ils charment nos en-
nuis ; c'eſt - à - dire , qu'ils nous endorment :
Eſt-ce là leur mérite ? eh bien ! je vous
déclare net que ce mérite eſt un crime à
mes yeux. Il ne faut pas endormir des eſ-
claves ; il faut , au contraire , les tenir très-
éveillés , leur montrer l'horreur des chaînes
dont ils ſont garrotés , les en faire rougir ,
& leur inſpirer , à l'exemple des Améri-

cains , le courage de les brifer , quand tout à la fois ils en trouvent l'occafion , & qu'ils en ont de légitimes raifons. Ce n'eft ni dans l'Académie Françaife , ni dans celle d'Apollon , que la plupart de vos beaux efprits doivent avoir une place , c'eft dans l'Académie du *Phebus* , & pour cette Académie leurs titres font inconteftables ; je les porte tous dans ce recueil que je tiens fous le bras. Quel eft donc ce recueil , lui demandai - je ? C'eft un extrait , me répondit-il , de tous les mauvais Vers , des Phrafes obfcures , des tournures inintelligibles , des termes précieux , des mots impropres , des expreffions bizarres & inufitées, des contrefens , des barbarifmes , des galimatias que j'ai trouvés dans leurs Ouvrages. Ce travail m'a donné beaucoup de peine & beaucoup d'humeur. Prenez & lifez.

Vous auriez pu , Monfieur le Difputeur , lui dis - je , beaucoup mieux employer votre temps : vous êtes un méchant , & dans fes méchancetés *Linguet* n'eft pas pire que vous. A qui ofez - vous me comparer , s'écrie Monfieur Guillaume, en m'empoignant à la gorge, à un enragé! à un *Linguet* ! Il me ferrait fortement le gofier , & dans fon aveugle colere, il m'eût peut-être étranglé fi , venant à mon fecours, les paffans ne m'euffent débarraffé de fes nerveufes mains. On l'emmene ; mais tout en s'éloignant de moi , il me crie : A demain ; nous nous verrons , à demain.

Il tint parole , & le lendemain , fur les fept heures du matin , il était à la porte de ma chambre au moment où j'en fortais. Vous voulez donc , me dit-il en entrant , vous faire tuer pour l'honneur de Monfieur *Roucher* , de Monfieur le *Miere* , & de cette fourmilliere de beaux efprits qui corrompent notre Langue? Non , Monfieur , lui repartis-je ; mais je veux les défendre quand vous les outragerez , & me défendre moi-même fi vous m'infultez. Tenez, m'ajouta-t-il , en me fautant au cou & en m'embraffant très-étroitement, avant de nous égorger , difputons un moment : ne me comparez plus à ce malheureux *Linguet*, & nous refterons

bons amis. Si je ne puis être de votre fentiment fur Monfieur *Champfort* & fur Monfieur *Durofoi*, je ne vous forcerai point à
être du mien : plus je réfléchis, plus je fens
qu'un chacun doit être libre de penfer comme il lui plaît. C'eft une tirannie abomina-
ble, de géner les opinions : je n'ai pas toujours pensé comme cela ; mais l'expérience
commence à me corriger : caufons donc
enfemble , & dites - moi cordialement ce
que vous penfez de ce fou de *Linguet* , &
des honnêtes Gens auxquels il s'eft attaché ,
comme on croyait autrefois que les Vam-
pires s'attachaient à des corps vivans......
Monfieur Guillaume & moi cheminions enfemble , moi ne difant mot, crainte de difpute , lui continuant à me parler de *Linguet* ,
de tous les Folliculaires fes femblables, des
Gilbert , des *Clement* , des *Royou* , des
Grofier , des *Sabatier* , des *Sauteau* , &
autres *Marfias* littéraires que *Piron* com-
parait plaifamment à des vilains eunuques au
milieu d'un Serail qui ne font rien , & qui
veulent empêcher de faire , lorfqu'

Un jeune Magiſtrat de qui la chevelure
Paſſait de Clodion la royale cœffure,

nous aborde, & d'un ton grave & com-
poſé, nous dit : Vous devez être bien con-
tent, Monſieur Guillaume, je viens de dénoncer Maître *Linguet* comme le Calomniateur des Parlemens, comme le Calomniateur
des grands hommes, & comme mon Calomniateur. Fi, Monſieur le Conſeiller aux
Enquêtes, répond Monſieur Guillaume : c'eſt
un métier odieux que celui de Dénonciateur;
après celui d'Eſpion de Police, je n'en connais pas de plus infame.

Le Parlement, dit l'Homme aux Enquêtes, ne peut me refuſer juſtice ; je me ſuis
immolé pour ſa gloire, & pour ſon Arrêt
contre Lally, qu'en l'année 1766 il fit égorger à la Grêve avec le glaive de la Loi.
Le Parlement, reprend Monſieur Guillaume,
ne cherche point à défendre ſon Arrêt : s'il
eût voulu le défendre, il eût choiſi un meil-
leur Avocat, & lui eût dit en lui donnant
ſa miſſion : Plaidez & ne mentez pas. Ah !
Monſieur Guillaume, lui dit le Magiſtrat,

vous êtes bien sévere : deux ou trois menſonges dont j'ai orné mon Plaidoyer, pour fortifier la vérité, n'empêchent pas qu'il ne ſoit un chef d'œuvre d'éloquence. C'eſt un parterre parſemé des plus belles fleurs de la Réthorique : à chaque page on y voit briller les métaphores, l'exclamation, l'hypotipoſe, l'antitèſe, la ſuſpenſion, les reticences : on y admire ſur – tout la fameuſe proſopopée par laquelle je termine mon Plaidoyer ; c'eſt un grand coup de l'Art, Monſieur Guillaume, que cette proſopopée !

Tout cela, répond Monſieur Guillaume, eſt d'un ridicule déteſtable. Dans le Procès de Monſieur de *Lally*, qu'on a égorgé, il ne s'agit pas de figures de Réthorique ; il s'agit de raiſons & d'honnêtete. J'ai lû quelques pages de votre Plaidoyer, & je ne crois pas que, depuis trente ans, on ait rien écrit en notre Langue d'auſſi plat ; c'eſt une mauvaiſe amplification de Rhéteur. Monſieur Guillaume, Monſieur Guillaume, réplique d'un air pédant le Conſeiller aux Enquêtes, vous n'aimez pas le beau Français , & vous pourrez vous en repentir. Pardonnez - moi, lui dit Monsieur Guillaume en le quittant, j'aime le beau & le bon Français ; mais ce que je préfere à tout, c'est la vérité, & c'est ce qui manque à votre amplification..

Monsieur Guillaume parlait encore, lorsque d'une main me tenant par le bras , il arrête de l'autre un petit Abbé d'une figure basse & ignoble, & lui crie d'une voix à le faire trembler : *A genoux, Monsieur l'Abbé. Croyez - vous en Dieu , Monsieur l'Abbé ? Répondez vîte, Monsieur l'Abbé.* Le petit Abbé frissonne, pâlit, se met à genoux, & tout transi de peur dit qu'il croit en Dieu. Malheureux ! lui repart Monsieur Guillaume, vous croyez en Dieu , & vous avez fait & commenté un Traité contre l'existence de Dieu ! vous nvez composé des Vers infames ; vous vous égayez avec un Savoyard, sur les filles qui menent *leur amans de Cythere à Florence* , (1) & vous osez , après cela ,

____

(1) Voyez la CORRESPONDANCE de cet Abbé.

parler de bonnes mœurs & de religion ?
Où avez - vous fait votre Théologie ? Par-
lez , & promptement. Ah ! Monſieur Guil-
laume , dit le petit Abbé , je ne ſuis pas
Prêtre , & je n'ai jamais étudié en Théo-
logie. Au moins , Monſieur l'Abbé , repart
Monſieur Guillaume , ſavez-vous votre *Credo* ?
Récitez - le , & cela ſans héſiter.

L'Abbé le commence à pluſieurs repriſes
& n'en peut venir à bout. Petit imprudent ,
lui dit Monſieur Guillaume , avec le ton de
la pitié & du mépris , vous voulez défendre la religion , & vous ne ſavez ni Théologie , ni Simbole des Apôtres ! Il faut que
je vive , réplique humblement Monſieur
l'Abbé ; les temps ſont trop mauvais , &
je n'ai point de reſſources. Tout le monde
m'en veut. Monſieur *Baudouin* m'accuſe d'a-
voir éſcroqué *trois Siecles* , & de les avoir

Sur le rapport du Cenſeur , elle a été arrêtée &
condamnée au pilon. C'eſt un grand ſervice que
la Police lui a rendu de faire diſparaître cet Ouvrage.

gâtés ; il ne veut pas me croire capable même d'avoir fait un mauvais Livre. Monfieur de *Voltaire* m'a couvert d'opprobre : tous les Gens de bien me fuyent ou me confpuent ; & fi Monfieur l'Archevêque de Pampelune ne me donne ou la Prêtrife , ou un Bénéfice , je fuis réduit à mourir de faim. Ah ! mon cher Monfieur Guillaume , la mifere fait faire bien des fottifes : c'eft elle qui fait les filoux & les voleurs de grands chemins : fans elle , je ne me ferais fait ni Abbé , ni Folliculaire , ni Calomniateur.

On peut n'être pas riche , lui dit Monfieur Guillaume ; mais on doit être honnête homme , & lui ajoute en le quittant : Croyez en Dieu , Monfieur l'Abbé , autrement vous aurez à faire à moi. Je n'aime pas les Athées , fur-tout lorfqu'ils font hypocrites : attendez-vous donc que , par-tout où je vous trouverai , je vous ferai dire votre *Credo in Deum* ; & à force de vous faire répéter qu'il y a un Dieu, j'efpere vous y faire croire : je me fuis mis dans la tête de vous convertir.

Monſieur l'Abbé, en quittant Monſieur Guillaume, court chez Monſieur le Conſeiller aux Enquêtes : deux juges du Châtelet vinrent l'y trouver, & ils allerent tous enſemble chez Monſieur le Garde des Sceaux, ſe plaindre de Monſieur Guillaune comme d'un homme très-dangereux. Le Garde des Sceaux le fit auſſitôt avertir de ſe rendre à ſon Audience.

Dieu ſoit loué ! s'écrie Monſieur Guillaume, en recevant cet ordre. Je diſputerai avec lui comme avec tout autre. Il était au comble de la joye ; il n'y alla pas, il y vola. L'Audience était très-nombreuſe. Là, en préſence de cent perſonnes, Monſeigneur, dit-il reſpectueuſement au Magiſtrat, je remercie le Ciel de tout le plaiſir qu'il m'envoye aujourd'hui : je vous prie ſeulement de mander ici tous ceux qui ſe plaignent de moi : je diſputerai avec eux, enſuite vous jugerez en connaiſſance de cauſe, qui a raiſon ou d'eux ou de moi. Cela déſennuyera tous ceux qui ſont à votre Audience, & qui, en attendant que vous leur faſſiez l'honneur de leur dire à l'oreille quelques mots qu'ils n'entendront pas, font des baillemens à se fendre la bouche.

Au fait, Monfieur Guilaume, lui dit le Magiftrat : quel eft le fujet de votre querelle avec le neveu de Monfieur de *Leyrit?* Monfeigneur, répond l'Interrogé, il m'a parlé de la beauté de fon Plaidoyer. Je lui ai dit qu'il n'y avait dans ce Plaidoyer, ni vérité, ni logique. Cela n'eft pas poli, Monfieur Guillaume, réplique le Magiftrat, de dire à un homme la vérité en face, & il faut être poli envers tout le monde, fur-tout à l'égard d'un Confeiller au Parlement, qui peut être votre Juge fi vous avez des Procès, & vous faire mettre auffi un Bâillon à la bouche, pour vous empêcher de difputer.

Un Abbé *Raboutier* & les Juges du Châtelet fe plaignent auffi, lui dit encore le Garde des Sceaux : qu'avez-vous donc à démêler avec tous ces Meffieurs ? Le petit Abbé, répond Monfieur Guillaume, dit que es Gens d'efprit ne croyent point en Dieu.

Je ne fais trop ce qui en est de la croyance de Monsieur l'Abbé ; mais je fais qu'il exifte un Traité d'Athéifme écrit de fa main , & embelli de fon ftyle. J'ai entendu parler , dit le Garde des Sceaux , de cet Athéifme , & je veux m'en faire rendre compte. Vous en ferez, Monfeigneur , réplique Monfieur Guillaume, ce que vous jugerez à propos ; mais je vous déclare que je ne fuis ici que pour me défendre , & non pour dénoncer perfonne. Je n'aime ni les Athées , ni les Délateurs , ni les bâillons, ni ceux qui en font mettre. Lorfqu'on conduit un homme à la Grêve , il faut le laiffer parler : c'eft af-fez pour lui , s'il eft criminel , d'être pendu, ou d'avoir les membres fracaffés , ou d'avoir la tête coupée ; & s'il eft innocent , le bâil-lon , Monfeigneur , la barre , le fabre & le Bourreau font de trop.

Quant au Châtelet , je vous fupplie de faire venir ici tous les Juges de l'*Aport Paris* ; ils n'auront pas beau jeu avec moi : je leur prouverai qu'il eft affreux d'avoir emprifonné & banni de France Monfieur

Delisle, à propos du Prépuce des Juifs, & de quelques Fadaises Métaphysiques. Emprisonner & bannir, sont de fort mauvais Argumens : le Parlement, à la vérité, a répondu à ces Argumens, en cassant le Jugement du Châtelet. Partout où je me trouve, je vante la sagesse du Parlement, & me moque un peu du Jugement du Châtelet ; & cela, afin qu'il n'en rende plus de semblable, & que je puisse, après avoir bien disputé, dormir tranquille, c'est-à-dire, sans crainte que les Argouzils du Châtelet ne viennent me réveiller, pour me demander ce que je pense sur le Prépuce des Israélites, & sur les quatre Vertus Cardinales.

Si vous m'en croyez, Monsieur Guillaume, lui dit le Garde des Sceaux, vous n'aurez rien à démêler avec les Juges ni avec les Théologiens ; on ne gagne rien de bon à disputer avec ces Gens là. Je vous conseille aussi de ne vous mêler en aucune maniere de ce qui me regarde. Cela n'est pas possible, Monseigneur, repartit Monfieur Guillaume. Tant que nos Loix feront ridicules & barbares , je dirai qu'elles font ridicules & barbares ; & tant que vous ferez les fonctions attachées à la fuprême Magiftrature de Chancélier , je dirai que c'eft à vous à réformer ces Loix. Vous êtes libre d'en faire ce que vous voudrez; mais je fuis auffi libre de dire mon fentiment , & de difputer contre tout ignorant qui ne conviendrait pas qu'il eft odieux que les ufages des Goths & des Vandales , les Coutumes des Tongres , des Ripuaires , des Bourguignons , & de plufieurs autres Hordes barbares , fervent aujourd'hui de Loix au Peuple le plus aimable qui foit fur la terre. Je foutiendrai encore , Monfeigneur , que c'eft à vous qu'il faut s'en prendre , fi la belle Langue des *Boffuet* & des *Racine* , retombe dans la barbarie d'où elle était fortie depuis environ cent trente ans.

Comment cela ? demande le Garde des Sceaux. Vous fouffrez , Monfeigneur , répond notre Difputeur , que les Parlemens dans leurs Arrêts , que les Procureurs &

les Notaires , dans les Actes publics , se ser-
vent de formules barbares & gotiques. Cela
perpétue un mauvais langage , un langage
obscur dans les choses qui doivent être de
la plus grande clarté. Lorsque vous donnez
des Lettres Royales & des Ordonnances Royales , vous les intitulez *Lettres Royaux &
Ordonnances Royaux*. Quand les Magistrats
d'Athenes & de Rome publiaient une Loi ,
ils n'affichaient pas un sollécisme pour titre
de cette Loi.

Il n'y a pas grand mal à tout cela , répond le Garde des Sceaux: Pardonnez-moi ,
Monseigneur , réplique Monsieur Guillaume.
C'est un très-grand mal. La Grammaire est
le fondement du Commerce & des bonnes
Loix. On ne peut même perfectionner la
Société , qu'après avoir perfectionné la Langue ; & tout homme qui, en écrivant mal
sa Langue , la ramene vers la barbarie , y
ramene aussi la Société.

Ce que vous dites là n'est pas trop clair ,
dit le Garde des Sceaux. Ce n'est pas ma
faute , réplique Monsieur Guillaume. Ce que

je vais dire le fera davantage. Toute Loi,
pour être bonne, doit être exprimée claire-
ment, parce qu'elle doit être entendue de
tous ceux pour qui elle eſt faite, parce
qu'elle ne doit être ſujette à aucune inter-
prétation : s'il en était autrement, chaque
Juge, au lieu d'appliquer ſimplement la Loi
à un fait, pourrait l'interpréter à ſon gré,
ſuivant ſes intérêts, ou les intérêts de ceux
qu'il voudrait favoriſer. Or, Monſeigneur,
je vous demande reſpectueuſement ſi, avec
un langage obſcur, vicieux, embrouillé,
comme le Français l'était autrefois, & comme il le ſera bientôt ſi vous n'y mettez ordre, on peut faire des Loix préciſes, clai-
res, & telles qu'elles doivent être ?

Le Garde des Sceaux réfléchit un moment,
& dit : Je ſens, Monſieur Guillaume, toute
la force de votre argument ; mais que puis-
je faire pour arrêter les progrès du mal dont
vous vous plaignez ? C'eſt, Monſeigneur,
répond celui-ci, de prohiber tout Livre où
la Langue Françaiſe eſt maltraitée ; c'eſt
encore d'avoir des Cenſeurs pour veiller à

ce

ce qu'on n'imprime, en Profe ou en Vers, aucun Ouvrage dont le ftyle ne fera pas pur, clair & correct, comme vous en avez pour veiller à ce que les Ecrivains ne fe permettent rien contre le Gouvernement, contre les mœurs, contre des opinions qui datent de deux mille ans; contre les Bénédictins, contre les Capucins, contre les Victorins, contre les Bernardins, contre les Recolets, & autres Gens très-utiles que vous avez pris fous votre protection.

Le Garde des Sceaux réfléchit encore un moment, & demande un Mémoire. Le voilà, Monfeigneur, lui dit Monfieur Guillaume, en lui remettant le Recueil de toutes les fautes dont fourmillent la plupart de nos Ouvrages nouveaux; mais j'aimerais encore mieux, lui ajouta - t - il, que vous nous délivraffiez des Moines que des mauvais Auteurs. Il eft bien plus dangereux pour la France, d'être infectée d'une dixaine de Légions de gueux encapuchonnés, fort robuftes, & qui, derriere une charrue ou un moufquet fur l'épaule, pourraient être d'une très-

grande utilité, que d'avoir à Paris quelques
beaux esprits, qui, après tout, malgré tous
leurs défauts, font encore un des agrémens
de la Société. On ne peut reprocher aux
Cotin, aux *Coras*, aux *Colletet*, aux *Pra-*
don, aux *Chapellain*, aux *Frerons* mêmes
& autres, la millieme partie du mal dont,
en parlant de Dieu, se font rendus coupa-
bles les Révérends Peres *Joseph*, *Annat*, la
Chaise, *Doucin*, le *Tellier*, & autres Re-
ligieux.

Il ne tenait qu'à Monsieur le Garde des
Sceaux d'avoir avec Monsieur Guillaume une
bonne dispute sur les Moines ; mais il ne
voulut ni lui répondre , ni l'écouter plus
long – temps.

Tous ceux qui connaissent ce Monsieur
Guillaume, craignent qu'il ne se fasse beaucoup d'ennemis, par la fureur qu'il a de se
mêler de tout, de disputer sur tout, & de
vouloir que tout en France soit ce qu'il doit
être, nos Loix moins barbares, nos Juges
plus instruits, le Clergé moins riche, plus
tolérant, & Monsieur d'.......... moins

ennuyeux en plaidant. On ferait très-fâché qu'il arrivât quelque avanture défagréable à Monfieur Guillaume, car il a le cœur excellent, une ame pleine de feu, une activité étonnante pour fervir fes amis ; il eft jeune & promet beaucoup : efpérons tout, & de l'expérience que lui procurera l'ufage du monde, & des bons confeils de Madame A * * *, qui n'a jamais donné que de bons confeils.

FIN